POUÉSIES
BÉARNÉSES,

PAR

F. DE LABORDE.

(Ut pictura poësis erit.)

PAU,

TYPOGRAPHIE DE É. VIGNANCOUR.

1851.

A MESSIEURS LES BÉARNAIS.

~~~~~

EUX mots d'explication, en guise de préface, s'il vous plait, Messieurs les amateurs de notre langue Béarnaise, qui n'est pas tout-à-fait celle des Dieux, au dire de certains puristes, mais qui, cependant, a su conserver cette couleur simple et locale, si en harmonie avec les habitants de nos montagnes.

Deux mots pour vous, pour vous seuls : aujourd'hui que nous voyons s'effacer nos habitudes, et presque changer nos mœurs, il serait glorieux, ce me semble, de conserver cet idiôme antique que nos ancêtres s'énorgueillissaient de parler, même au sein des grandes cités; il y aurait quelque chose de sacré à ne point laisser tomber en désuétude les premiers mots que nous avons bégayé dans notre enfance.

C'est dans ce but que j'ai voulu continuer à coudre quelques rimes Béarnaises, et qui, plus est, osé leur faire voir le jour, lorsqu'il aurait été plus prudent, peut-être, de les laisser ensevelies dans un coin de mon portefeuille. Je dirai, cependant, pour ma justification, que je n'ai pas la prétention d'être le continuateur des œuvres immortelles de Despourrins, ni le rival de la verve de mon aimable et spirituel ami Xavier Navarrot; j'ai voulu, tout simplement, stimuler par mon exemple, les esprits paresseux, à qui le ciel peut avoir prêté quelques inspirations poétiques. Honneur à Jasmin, le grand poète d'Agen qui fera, par ses chants immortels, que la vieille *Langue-d'Oc* ne périra point!

Messieurs les amateurs, je vous le répète, faisons comme nos pères, et malgré cette ambitieuse civilisation qui prétend tout envahir : *Restons Béarnais par le cœur et par le langage.*

F. DE LABORDE.

POUÉSIES BÉARNÉSES.

POURTRAIT.

Qouan lou soureil sé lhèbe sus la pénne dé Biou,
Ou qouan lou brespe arraye làs plànes dé Bénou,
Coum ma jouenne Pastoure, nou n'a tan d'esplandou.

Qouan lou Printemps coummence, dé flous tout pingourlat,
Qouan l'herbette puntéye peü mïey dé cade prat,
Coum ma jouenne Pastoure, nou'n portent tan d'esclat.

Qouan débat dé la houeille lou tendré rouchinou,
Sus lou sé deü bet die gourguéye sa canson,
Coum ma jouenne Pastoure, n'exprime tan d'amou.

Bé t'en a proubédide, lou ceü dens sa fabou,
Jouenne Pastouroulette, deü bilagé la flou ;
Sies amistouzétte, nou't manquéra nat dou.

LOU LIOU ET LOU MOUSQUITTOU.

(FABLE.)

—

Be-t'en, triste aüjamiot, pudentis dé la terre ;
Tout, bit ataü, Mous deü liou,
Qu'enguiscabe lou mousquittou.
Eth, queü pé déclare la guerre :
« Qué penses lheü, coum es rey
» D'em biéné, aci, dicta la ley ;
» U braü, plus hort qué tu, qué ta't poudéré disé ;
» Queü hey pinna tout à ma guise.
» Arribe dounc, nou sies coubard,
» Dé m'enguisca, séras leü hart. »
Puch en brounin qu'es boute aü largé.
Chens qué nat dangè uou l'esbargé.
« Anem, à tu ; » et d'û péchic
Qu'enhouléye soun ennemic
Qui, l'oueilh arden, pléé dé babasse,
Dé crits et d'esmarrocs tout aütour qu'at esglace.
Tout qué houey, et dens lou cantou
Cadu qué tremble dé frayou.
U brigailh dé mousquit, en cent locs qué désole
Aquère besti miey holle ;

Sus lou cap, lou mus y lou nas
Qu'eü s'estaque coum û lagas.
L'animaü arroujous, qu'és da la discipline,
Dap l'urpe et dap la dent, eth médich qu'és chégrine.
Lou mousquit truffanecq qu'eü lécha miey crébat,
Counten d'esta lou mesté en û pareil coumbat.
    Més, lou praübin, nou gousta hère
      Lou frut dé sa grane victouère.
L'aragne, aü sou hialat, queü traba lou cami,
      Et quey trouba, tabé, sa fi.

Déhéns û grand dangè, souben oun qué s'escape,
    Dens û petit oun qué s'attrappe.

LOU DÉPART TA LA CASSE DÉ LA MOUNTAGNE.

(FANFARRE.)

—

Anem, haüt Bergè,
Dap' lou pè leügè,
Gahem la mountagne ;
Hè lhéba Loustaü,
Jeaudot y Vignaü,
Anem en campagne.

Aü soum dé Goursi,
Déjà bey lusi,
L'aübé maytinière ;
Y l'agle balen,
Paüsat sueü pénen,
Pareieh sus Heücouère.

Ta leü qui ey parlat,
Qué s'ey appariat,
Lou bieilh camarade ;
Munit dé soun sac
Y deü habre-sac,
Sa pipe allucade.

Lous serrous garnits
Y lous côs hardits
Coum bets garnissaris
Qué pujam tout drét
Décap à Brousset
Pays d'ours y sarris.

Qu'arribam aü soum,
Encouère qué droum,
Tout dens la nature;
Nou ya pas qué l'ous,
Dé sang arroujous,
Qui cerqué pasture.

Aütour deü clédat,
Pigou tout cougat,
En droumin qué beille,
Méy ta leü qu'is bét,
Qué hè soun hamét,
Cadu qu'és desbeille.

Apuieü qu'és paüsam
Y qué débisam,
Déhéns la cabane;
L'aulhè qu'és boü da,
Jambou, lard ou paà,
Biengut dé la plane.

Mey, ja lou soureil,
Qué sort tout hermeil,
Darré cuyalade;
Adichat pastou,

Lou boun Dieü pé dou ,
Boune mountagnade.

Qu'ey ataü amics ,
Peü soum décéts pics ,
Bibi à ma manière ;
Cent cops plus huroux
Qué lous grands seignous ,
Car nou'n soun pas hère.

LOU RETOUR DEÜ PRINTEMPS.

—

Air : *Echos lointains, échos de nos vallons,*
En soupirant répétez nos chansons.

Qouan biè lou temps dé la douce sézou,
Tout d'û soumeil qué semble qu'és d'esbeille,
Qu'ey enténut canta lou rouchinou,
Dens lou bousquét, qué puntéye la houeille ;
    Sus û rousè qu'ey bist lou parpaillou,
    En bouléjan, caréssa cade flou.

Dé l'arribère, arribat leü Pastous,
Biét counsoula las tristés Pastourettes ;
Aux cujalas qué baden lous sierrous,
Leü sourtiran serpouréts y mujettes.
    Sus û rousè qu'ey bist lou parpaillou,
    En bouléjan, caréssa cade flou.

Baqués, quittat lou tour dé la maysou,
Aü miey deüs prats qu'arrit l'herbe frésquétte,
Chens més tarda, pujat en ta Bénou ;
Esquérat leü la plus bère annouillette·
    Sus û rousé, qu'ey bist lou parpaillou,
    En bouléjan, caréssa cade flou.

Het-pé lous nids, poulidéts aüsérous,
Lous pouméréts soun couberts dé houeillatgé;
B'en ey lou temps ta bous aütes hurous!
Dé las amous, gourguéyat lou lengatyé.
　　Sus û rousè, qu'ey bist lou parpaillou,
　　En bouléjan, caréssa cade flou.

O doux Printemps, en sourtin dé l'Hiber,
A tout qué das ûe bite nabère;
Aü Paradis, qu'ey puja dé l'hiher,
Qu'ey dé l'escu, tourna à la lumière.
　　Sus û rousè, qu'ey bist lou parpaillou,
　　En bouléjan, caréssa cade flou.

A P. Gaston Sacaze.

LAS MODES D'OSSAÜ CAMBIADES.

Air : *Vive la Lithographie.*

Diou mé daü b'an cambiat hère
Las bieilles modes d'Ossaü,
Ta bédé mode nabère,
Nou caü plus courré ta Paü.

Las hilhottes deü cantou,
Qu'an déchat lou coutillou,
Et qué pourtéran, bet leü,
Pienti, bounét, ou chapeü.
Aü loc dé cape flourade,
Dé sacot y capulet,
A la giraffle coueyfade
Cade gouye qué bédét.
Aü loc dé pourta caücilles,
Présen dé quaüqué Pastou,
A las cames qu'an las filles
Bachs dé hioü ou dé coutou.

Dioü mé daü ban cambiat hère
Las bieilles modes d'Ossaü,
Ta bédé mode nabère,
Nou caü plus courré ta Paü.

Aqüéts bets jupous dé rasc
Las bestes dé courdeillat,
Y lous gilets heyts à caze,
Tout aco qu'at an léchat.
Hélas! lou temps quins arrode,
Nou cambie pas lous rochers;
Per qué caü dounc qué la mode,
Hasse ta tristes prougrès?
Noustés superbés aülhès
Habillats coum lous roulliès,
Aü loc d'ésclops qu'an souliès,
Pantélous coum grénadiés.
Adioü la culotte courte,
Qui flattabe lou jarret,
La beste, tabé qu'ey mourte.
Tan per tan qu'an lou berrét.

Dioü mé daü ban cambiat hère
Las bieilles modes d'Ossaü,
Ta bédé mode nabère
Nou caü plus courré ta Paü.

N'ey pas souléments dé peille
Qu'an cambiat dens nousté endrét.
Qu'és soun dats à la bouteille
Y qu'an amassat grand sét.

Ouey en tout loc qu'at bédét
Qu'ey lou mounde aü cabarét;
Lou mendré pétit oubrè,
Qué hourrupe lou café !
Aquère tan noble danse,
Lou branlé tan ayréyan,
Qu'a dat à la countredanse
L'haünou dé passa daban,
Lou paysàa, maü abisat,
Qué l'abést miey aboucat;
Peü plazé dé pleytéja
Qu'és bénéré tout ço qui a.
Hélas ! la praübé ballée,
Qué cambie bit coum lou temps,
Dé harde, d'esprit, d'idée,
Qu'ey poü qué duré loung-temps.

Dioü mé daü, b'an cambiat hère
Las bieilles modes d'Ossaü,
Ta bédé mode nabère,
Nou caü plus courré ta Paü.

LA NOUCE DÉ BERNAT.

(RÉCIT HEYT A LA MOUNTAGNE.)

Air : *Du Chalet.*

SABI cousi, jou qu'ét bouy disé,
La nouce deü bési Bernat;
Qué m'y soy cercat ûe frise,
Et qué m'y soy perdieü hartat,
Coum û pédouil, coum û pourcat.
  Aquieü hoü cousi
   Dé mati,
  Qu'ey coulabe lou bi.
  Dieü quine hartère,
  Quine arrégoulèrc,
  Quine bonne chère,
  Quin nou'ns hazen serbi !

 Exprès bachat dé la mountagne,
Cousi qué tazt podés pensa,
Si la gahouille n'ère à plagné,
Car qu'at sabés, aü cujala
Dap broge et lart qué caü passa;

Tabé hoü cousi
Dé mati,
Qu'èri aütour deü toupi !
Dieü quine hartère,
Quine arrégoulère,
Quine boune chère,
Quin nou'ns hazém serbi !

Tout habilhat dé nabe peille,
Plaà dispaüsat y plaà floucat,
Près de jou qu'abi la bouteille,
Qué bébem a nousté santat
Aüs frais d'aquét brabé Bernat ;
Tabé hoü cousi,
Dé mati,
Gouayré nou m'y bédi !
Dieü quine hartère,
Quine arrégoulère,
Quine boune chère,
Quin nou'ns hazem serbi !

Dabord qué partim ta la messe,
Daban quère lou tambouri,
Lou moundé qué courrè dap presse
I même qu'ens boulé ségui
Tans ha la sègue, qu'at sabi !
Labets hoü cousi
Chens chégri,
Qu'eüs dey u galabi !
Dieü quouan dé hartère,
Quine arrégoulère,
Quine boune chère,
Quin nou'ns hazem serbi !

La nobi paréchè tristote,
Lou nobi semblabe u pesquitou;
Qu'ens hazè doü praubé Jeannotte,
Més dé Bernat qu'abem jélou,
Qu'ens at counéchè lou frippou;
    Tabé hoü cousi
      Ta'ns tradi,
    Toustem qu'ens dabe bi!
    Dieü quouan dé hartère,
    Quine arrégoulère,
    Quine boune chère,
    Quin nou'ns hazem serbi!

Nère pas prou dé ha boumbance,
Tout lou die qu'alou dansa,
Jou qu'abi ta plée la panse,
Bat-leü qué nou poudi bouha,
Engouère mey chic poudi saüta;
    Tabé hoü cousi,
      Jou qu'abi,
    Mey besouin dé droumi.
    Dieü quouan dé hartère,
    Quine arrégoulère,
    Quine boune chère,
    Quin nou'ns hazem serbi!

Après soupa, Bernat, noust'hôste,
Dap Jeannotte qué s'éscapa;
I ta qué noü déssem la roste,
Dens la crampe s'ana flisca;
Labets quère perguicü, l'aha!

Labets hoü cousi
    Qu'ésté fi ,
Bernat aquét conqui !
Dieü quoan dé hartère,
Quine arrégoulère,
Quine bounc chère,
Quin nou'ns hazem serbi !

Ataü dounc qué passem lou die,
Aü miey d'ûe grane gaüyou ;
Jou qué hey la court à Marie,
I qu'em sembla qu'abè ta you
Drin dé tendrésse y d'abandou !
    Tabé hoü cousi
        Jou qu'èri,
    Balen qu'oum û pouri !
Dieü quouan dé hartère ,
Quine arrégoulère,
Quine bounc chère ,
Quin nou'ns hazem serbi!

BIEÜS-ARTIGUE.

(TABLEÜ.)

—

Bieüs-Artigue ! Planè, ségut tout près d'Espagne,
Endrèt tan endoustat, aü pè de la mountagne ;
Hoúnilh, tout courounat, dé rouchers y d'abéts,
Dé rioüs tout arroudat, dé roses y muguéts.
Loc dé tranquillitat, silenciouse nature
Oun escape lou temps, coum hè l'ayguétte pure.
Aquioü, coum bet gigan, lou pic ahourcadat,
Coum û pétit terré qué houre Magnabat ;
Pic deü ceü tout bési, paüsat sus la frontière,
En face qué pareich la brumiouse Estibère,
Carcade dé garrocs, d'arragues y d'ujous,
Désert soul fréquentat deü sarris y deüs ous.
Aütour, Bioüs qué flureich, y soun herbette prouse
Qué semble bet casaü, aü pè dé Bat-Leytouse.
Peyraget, lous Moundeils, dap las peines d'Ayous,
A d'aquet tableü, qué presten lûrs coulous.
Bioüs-Artigue planè, oun soul, exempt de peines
L'hommi qué pot pensa, en countemplan las pénnes.
Obres deü grand oubrè ! superbés monuments !
Oun Dieü paüsa lou dit, quouan enjendra lou temps.

Aquioü jou que m'en baü. Ma petite cabane,
Ta jou, ta mouns amics, Dieü merces qu'ey prou grane.
Socrate, qu'abè dit, hère temps abants jou :
« Qué taüs amics plaà francs, nou caü grano maysou. »
Oh ! qui counéchéré aquére douce bite,
Qu'abéré lou dési dé débiéné hermite ;
Hermite, nou pas coum lou qui ey à Bétharram,
Qui minje lous cheys més, y droum mieytat de l'an.
Bioüs-Artigue, bantat, bisitat d'ab gran presse,
Per touts lous curious, per toute la noublesse,
Touns abèts, touns rouchers, touns gazous, touns arrieüs ,
Semblen û Paradis, d'incô aü planè dé Bieüs.
Qu'ey sustout en juillet, quouan arribe la toque,
Qu'ey plazé d'escouta, lou taüré qu'esmarroque,
Séguit d'û bataillou dé baques y betets,
Dé cabales, pouris, dé mules, dé muléts.
Lous Pastous aganits, partits dé grand'matiade
Peü brut dé lûrs grans trucs, sounen lûr arribade;
Séguits dé lûrs fiers caàs, carquats de lûrs utis,
Hen réténi lous bosc dé sieüléts y dé crits.
Lous ûs ta Magnabach, lous aüts ta l'Estibèrc
Ban coueille dap gaüyou, l'herbette printanière.
Bioüs-Artigue, baü mey ta jou penden l'estioü,
Qué castets y palays, qouan séran bets, mourbioü.

COUMPLAINTE

SUS

L'OURS DOMINIQUE,

Décédat en sa métairie dé l'Estibère, lou 12 juin 1848, a l'atgé d'embirou 30 ans. — Régréttat dé touts souns parents, amics y counéchences.

DÉDIADE AÜ CASSADOÜ LOUSTAU.

Air : *Au désert de la Madelaine.*

Aü bet soum dé l'Estibère
Bibè certén pertusaà,
Qui chens esta grand paysaà,
Hazè toutu boune chère,
Car la baque y lou moutou
L'adoubaben lou bouillou.

Counégut dé loungue date
Dé touts lous grands cassadous,
Loung-tems peü Cap-Loung d'Ayous
Qu'abè tribaillat sa pate;

Pertout qu'ère en grand rénoum,
Dominique qu'abè noum.

Or, sus dounc, voyci l'histouère
Déquét féroce animaü,
Qui nou sabou dé Loustaü
Houéje la balle meurtrière;
Jou qué crey qu'abè pintat
Qouan éstou ta pla troumpat.

Qués passéjabe tranquille
Peüs Moundeils y Magnabat,
Per Bioüs y Peyrejéttat,
Pertout qu'abè doumicille;
A Espagne, qu'abè tabé,
Qu'aüqués rentes, drin dé bé.

Mey lou praübé Dominique,
Sus eth qué countabe trop,
Si sabè gouardat l'esclop
Qouan bachabe d'üe pique,
Nou aüren bist sueü grabassa
Oun s'anabe réfugea.

U sé dounc eth qué sourtibe
Plaà dispaüsat ta soupa,
Qu'anabe taü cujala,
1 per hazart nou sentibe,
Qué darrè d'ü grand caillaü
Qué s'ère poustat Loustaü.

Lou cassadou dap grand'calmé
Quillat qu'eü bédou tout drét,

Balsa, ha l'arriquouquét,
Mey pla ségu dé soun arme,
Aü ségoun cop l'éscadou
Tout just darrè deü toussou.

L'abèts l'ours dap grand'furie
Déhens deü bosc qué cadou,
I loung-temps pernabattou;
Qu'ésmouribe quouan lou die,
Car qu'eü trouben lou mati
Déstournat darrè d'û pi.

Adieù praübé Dominique
Disen per Aüle et per Aàas,
Qu'as abut û court trépas
Nou tourneras minja mique
Ni tapocq car dé moutou;
B'ey bet counten lou Pastou!

Qu'ins régrets ta bous Sanchette
Berjè, Jeandot, i Bignaü;
La palme qu'ey ta Loustaü,
La poudre dé sa flasquélte
Qué l'a dat lou cop mourtaü,
Perqué nou hazet-bous ataü.

Dé qu'ère granne bictouère
Lou brut louein qué s'ésténou;
Lou Journal qu'eü hè l'haünou
Deü counta dus cops l'histoùere,
Déquét terriblé coumbat
Qui dens Ayou s'ey lioürat.

TOUT QU'A UE SÉZOU.

A LAS BIEILLES GOUJATES.

—

AIR : *Rousignoulet qui cantes.*

MARIDAT-MÉ moun Père
Ajat Piétat dé jou,
Car si rétardat hère
Qu'en mourirey d'amou ;
Nat bédét dens la prade
Après l'array deü sou,
La gerbe s'ey sécade,
Taü médich harey jou.

Après la grand' nébade
Lou béroy més d'Abrieü,
Hè foundé la jélade
I qu'appère l'estioü ;
An, més, die, sémane
En espoir caü passa,
Ma souffrence qu'ey grane
Maridat-mé papa.

Qu'ey bist per las artigues
Peüs turouns, peüs ballous,
Parla las més amigues,
Counta las lous amous;
Nou n'y a qué jou praübette
Dens moun tristé quéha,
Nou parlé d'amourette;
Las aüts quem hen tenta.

D'assobé la mountagne
Qu'ey arribat lou temps,
Quaü quitta la campagne,
Caü ségui lou printemps;
Lou printemps quey jouénesse
L'hiber praübé sazou,
Het leü papa qu'em presse
Dé cerquam û pastou.

Nou'b hen tan doü trés mille
Ta'n qui soy dé lézé,
Qu'ep boutérat tranquille
I quem harat plazé;
Mama tabé qu'ey preste,
Qué ma heyt lou trousseü;
Nou manqué qué la heste
Qu'arribé lou plus leü.

Dilheü si soy mey bieille
Houéjéran lous galans,
Qué harey coum la houeille
Que cadérey touts ans,

Alabets chens ressource
Tout bit coum chens esclat,
Qu'aléra qué la bourse
Remplacé la beütat.

Maridat-mé moun père,
Ajat piétat dé jou,
Car si rétardat hère
Qu'en mourirey d'amou ;
N'at bédet sus la prade
Après l'array deü sou,
La gerbe sey sécade
Taü médich harey jou.

A JANSÉMI

A SOUN PASSATGÉ DENS LA BALLÉE D'OSSAU.

ÉPITRE.

—

Deü miey die la lutz, l'esclat y l'harmonie
Jansémi ! qu'és biengut dens Ossaü, ma patrie
Qu'ès arribat aci, poète chens pareil
Ta daoüra nousté bal, deüs rays dé toun soureil.
Salut, doungues, salut : quey pérmétut d'enténe
Aquére louengue d'Oc, tan bère, tan ancienne,
Qu'ey perméttut, à nous, montagnols Aüssalés
Dés suspendé à touns pots, esbaübits y susprés.
Ah ! si n'èri coum tu, claréyante planéte !
Si lou ceü m'abè dat, touns trésors, ô poète !
Soulamen drin d'esprit dé nousté Despourri
Dap quin countentamen moun tribut t'ouffriri.
Mey, chic accoüstumat aüx sendès deü Parnasse,
Quem trébuqui, à tout pas, moun hálet s'embarasse,
Et souben dé mey loc, préssat en ta bouha,
Faüte dé poudé mey, qu'en débi rébira.

Mey tu, pareil à l'agle, qué planes sus l'espace;
Tas ales ta'n pourtat aü bet soum deü Parnasse.
Aquïoü, dé touns counfrays, Lamartine, Hugo,
Dé chants lous plus gracious, hès réténi l'échô.
Qué bouléri, pourtan, da'b ma féblé boutsétte,
Rémércia drin coum caü, l'aütou dé Françounétte;
Qué bouléri, praübet, dens nousté bieil Ossaü,
Rendét drin dé l'aünou qui tan rendut à Paü;
Qué mérites pertout dé récébé guirlandes;
Tabé qué tey boulut présenta mas ouffrandes.
Hurous! si qu'aüqués cops, dens touns rares lézés,
Té boulès rappella dé mouns bers Aüssalés.

A AB-D'EL-KADER,

A PAÜ.

—

Fier chibalè dé l'Arabie,
Prouclamat lou rey deü déser;
Quin hés ta quitta ta patrie?
Quin hés plégua toun cô dé her?
Qu'ères biengut dens l'espérance
D'èsta toun meste; chens aquo
Nou t'aüren pas bist en France
Vincut dens gnaüte Waterloo!

Coum lou grand hommy à Ste-Héléne!
Coum eth troumpat per l'ennemic,
Hélas! qué biés trayna ta chaine
Dens û pays quis dits amic.
Qué t'aben prouméttut lou prince
Da'b grand'haünou s'erés trétat,

Eth tabé louein dé sa prouvince
Coum tu qué bioü are exilat.

Exilat, bannit dé la France
U cop dé ben qu'eü s'empourta ,
Dap quin chégri , dens quine transe
Lou sou pays qualou quitta !
Ah ! qué soun espades y trounes?
Qué soun grandous , outouritat?
Qu'as bist quin caden las courounes,
Qu'as bist qu'in û rey ey trétat.

Fier guérriè , louein dé l'Algérie ,
Qu'as û bet noum, arré dé plus ;
Déséguades dé toun génie
Géméchen las praübés tribus.
Dé Mascara , ta Counstantine ,
Dé Blidah , dé Bone ta Oran ,
Toute la coste aü louein domine
Dé touns expleyts, lou noum ta gran.

Ah ! quit bédè sus ta mounture,
Boula soü sablé deü déser ;
Quit bédè manaja l'armure
Dé toun damas, proumpt coum l'esclair ;
Quit bédè déban ta famille
Tout accroupit dicta la ley ;
Quit bédè préga Dieü tranquille !
Ah! quit bédou, ba de tu gouey.

Ab-d'El-Kader ! quét caü la tente,
Nou dû castet ta tristé tour !
L'agle, tapocq, nou bioü countente
Si nou à l'espaci ta séjour.
D'Amboise, l'antique démoure,
Nout pot coumbiéné plus que Paü,
Aquioü toun cô toustem qué ploure
Aquioü toun cô quey plus malaü.

LOU DÉPART DEU COUNSCRIT.

(DÉDIADE A M. LOUIS LAVILLETTE.)

—

Air : *Je vais revoir ma Normandie.*

Qué caü parti louein deü bilatgé
Qué caü quitta ço qui aymi mey !
Hélas ! moun Dieü ! dat-mé couratgé,
Soustiénét-mé dens moun grand gouey.
Ah ! deü pays qui ma bist badé
Louein deüs amics, dé moun amou,
Oun caü praübet jou qu'ani cadé
En quin pays? jou n'at sey nou.

Qué harey jou chens la mountagne
Oun tout mati souli puja,
Chens qué pigou nou m'accoumpagné,
Louein dé moun praübé cujala.

5

Cargat dcü sac darrè la rée,
D'ab lou fusil dé munitiou;
Qué sérey louein dé ma ballée
En quin pays? jou nat sey nou.

A praübé may! qué caü qué hasses
Si lou tou hilh té deü quitta?
Bas a ploura tu qnouan m'abrasses,
Penden sept ans bas a ploura.
Ah! deü souldat, taü ey la bite,
Taü ey lou sort, la counditiou.
Quey a pourta la mé marmite
En quin pays? jou nat sey nou.

Qué courrèrey per las grands'billes,
Qué bédérey dé beyts palays;
Bestit, caüçat, chens abé milles,
Tout bigarrat coum lous laquays.
Mey lou doux air de la mountagne
Quem manquara da'b l'escaütou,
S'ey uat chégri, à qui em caü plagné,
A qui praübet! jou nat sey nou.

Dùs mouts ta tu ma Margalide;
A tu moun cô coum tey jurat;
Qué baü parti, mey quey l'ahide
Dé poudé tiéné l'amistat;
Qué tournérey coum l'hiroundelle;
Gouardem toustem toun tendré amou,
Gouardem tabé la fé fidèle,
At haras tu! jou nat sey nou.

S'in soy tournat dé la campagne,
(Si pouts bé sérey carpouraü);
Qu'arribérey ta la mountagne
D'or té darey, crouts y didaü;
Qu'et countérey quin dé la guerre
Mé soy sourtit da'b grand' aünou,
Mey tô labets, quine misère!
Et tournérey? jou nat sey nou.

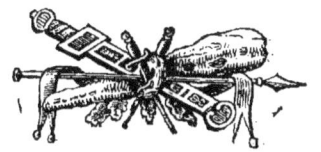

A MOUSSU CASTET

GARDE GÉNÉRAL A LARUNS.

Praübé moundé qu'ip turmentat
Per qu'aüsqués jours qui Dieü pa dat,
Dé fouté et camp jou quem désole,
Toutu ço qui plàa mé counsole
Qu'ey dé bèdé nou n'y age nat,
Qu'is pousque escapas deü hourat.

Moun cher amic, puch quey ataü
Siat poudem ha, nou passem maü,
Cerquém lou bé costé qué costé,
Hem coum qui disne à taüle d'hôsté,
Ço qui pousquam escarrem plàa,
Toutu ja't caléra paga.

Dé grands titrés, dé grands aoünous,
Crédét nou siam gouayré embéjous ;
Pourbu qu'undém plàa la marmite
Qu'ajam grand sét, et qui s'embite,
Pensem pouquet, et bébiam pla,
Nous cantaran lou Libéra.

Qu'aymi l'amou, qué da plazés
Mey qué da tabé desplasés ;
L'amou qu'ey heyt ta la jouénesse,
Lou bi qué réjouich la bieillesse ;
Taüs mieys peüs gris û bou disna,
Qu'ey dé sézou, qu'ey noust'aha

Couplet d'envoi.

La mourale dé moun berset
Rétiénét-la, Papa Castet,
I quouan la goute pé turmenté,
Het-la coula cabat deü benté.
Ajat bou cô, point dé souci,
Qu'ep foutérat deü médéci.

LOU PARPAILLOU.

(TRADUISIT DÉ LAMARTINE.)

Badé da'b lou printemps, y mouri couan las roses,
Sus l'âle deü zéphir nada dens û ceü pur,
Balançat sus lou sé dé las flous miey éscloses,
Embébés dé parfum, y d'arrays, y d'azur;
Ségoutin tout joueunet sas proübouses alétes,
Bouléyan coum l'hâlet, per poüs y bouladettes;
Taü ey lou parpaillou, taü praübin qu'ey badut;
Quey pareil aü dési qué jamey nou répaüse,
I chens sé countenta, goustan à toute caüse,
Qués ba rébiscoula au ceü doun ey cadut.

BIELLE, lou 11 Nouvembre 1850.

TABLE.

Pages.

A Messieurs les Béarnais.............................. 3

Pourtrait.. 5

Lou Liou et lou Mousquittou. (Fable)................... 6

Lou départ ta la Mountagne............................ 8

Lou retour deü Printemps.............................. 11

A P. Gaston-Sacaze. (Las modes d'Oussaü cambiades)..... 13

La nouce de Bernat.................................... 16

Bieüs Artigue. (Tableü)............................... 20

Coumplainte sus l'ours Dominique...................... 22

Tout qu'a ue sézou.................................... 25

A Jansémi (Epitre).................................... 28

A Ab-del-Kader à Paü.................................. 30

Lou départ deü Counscrit.............................. 33

A Moussu Castet, garde-général à Laruns............... 36

Lou Parpaillou.. 38

PAU, TYPOGRAPHIE DE É. VIGNANCOUR.

www.ingramcontent.com/pod-product-compliance
Lightning Source LLC
Chambersburg PA
CBHW071252210626
46818CB00013B/1400